獻給伊瑟和莉芙

Thinking 044

聰明的小狼　KLEINE WIJZE WOLF

作者｜海斯・范德哈姆 Gijs van der Hammen
繪者｜哈娜克・西蒙斯瑪 Hanneke Siemensma
譯者｜郭騰傑

社長兼總編輯｜馮季眉
副總編輯｜吳令葳
責任編輯｜洪　絹
美術設計｜張簡至真

出版｜字畝文化
發行｜遠足文化事業股份有限公司
地址｜231 新北市新店區民權路 108-2 號 9 樓
電話｜(02)2218-1417
傳真｜(02)8667-1065
電子信箱｜service@bookrep.com.tw
網址｜www.bookrep.com.tw
郵撥帳號｜19504465 遠足文化事業股份有限公司
客服專線｜0800-221-029

讀書共和國出版集團
社長｜郭重興
發行人兼出版總監｜曾大福
法律顧問｜華洋法律事務所　蘇文生律師
印製｜凱林彩印股份有限公司
出版日期｜2019 年 8 月 28 日　初版一刷
定價｜350 元
書號｜XBTH0044
ISBN｜978-986-98039-1-5（精裝）

聰明的小狼

KLEINE
WIJZE
WOLF

文｜海斯·范德哈姆 Gijs van der Hammen　　圖｜哈娜克·西蒙斯瑪 Hanneke Siemensma　　譯｜郭騰傑

在遙遠的山裡，住著一隻小狼。
他讀很厚的書，發現了新的星星，還認得所有草藥。
他上通天文、下知地理，無所不知，每個人都稱他為「聰明的小狼」。
他對自己的能力也感到自豪。

住在附近的動物，經常帶著困難的問題
來請教他。

「聰明的小狼，」熊大聲問，
「蝴蝶吃什麼？」
「雨水是從哪裡來的？」山羊問。
「世界上到底有多少顆星星？」獾邊咳邊問。
「聰明的小狼，我不認識字！」一隻小兔子吱吱叫著。
「你能幫幫我嗎？」

但是，聰明的小狼不想被打擾。
他還要讀那麼多厚厚的書，才能變得更聰明。

「我沒有時間處理全部的問題。」他嘀咕著。
所以，小狼家的門，一直關著。

狼宅

有一天，小狼聽到有人輕敲他的窗戶。
有隻黑鳥飛了進來，他是國王的烏鴉，
脖子上還掛著一封信。

親愛的聰明小狼，
我病得很厲害。只有你能讓我好起來。
請幫幫我，拜託了！

國王 筆

「我沒空！」聰明的小狼喊著。
「我還得研究一種植物，還要讀一本很厚的書。
我還在觀察銀河上的星星呢。我今天很忙。」

「如果國王召喚你，你就得去。」烏鴉說。

蝴蝶大全

宇宙

地圖集

柏拉圖

聰明的小狼像往常一樣慎重考慮著。
然後，他開始打包需要的東西。第二天一早，他出發了。

「聰明的小狼，」老鼠問，「你要去哪兒？」
「我得去見國王。我沒有時間處理你們的問題。」
他一邊說著，一邊騎車離開。

「對啊，我聽說國王病了。」獾說：「只有聰明的小狼才能讓他好起來。」

「但是到城堡的路途非常遙遠。」熊嘟囔著：「我們不幫幫他嗎？」

路途真的很遙遠。

聰明的小狼騎車趕路，踩呀踩呀踩呀踩。

路途蜿蜒蜒蜒，層層疊疊。
聰明的小狼不斷趕路，走呀走呀走。

山路愈來愈陡。
聰明的小狼，爬呀爬呀爬。

「他走得真慢呀。」山羊低聲說。
「我們不幫幫他嗎？」
「可是，我們真的很忙耶。」兔子說。

將近中午的時候，天空下起大雨，大大的雨滴從天而降。
「聰明的小狼被淋成落湯雞了。」青蛙問：「我們不幫幫他嗎？」

到了晚上，天色暗了下來。聰明的小狼走累了。

「我很冷。我好餓。我的腳很痛。我迷路了。
　我並不像大家所說的那麼聰明。我認為，應該讓別人去幫國王治病。」

然後，他看到遠處有一絲光線。

在森林深處，聰明的小狼發現了一個帳篷。
帳篷旁有火和鍋子，鍋子裡有湯。
小狼不知道這是怎麼一回事，
但他睡了一個好覺。

「起床啦，聰明的小狼！」
隔天清早，熊來喚醒小狼。「該去找國王了！」
「你們願意幫我嗎？」聰明的小狼問。
「當然！」其他動物一起回答。

他們帶小狼走出森林。
「你們不跟我去嗎？」聰明的小狼問。
「從這裡開始，你可以自己上路了，」熊說。

可是，城市實在太大了。沒多久，聰明的小狼就迷路了。
「誰能告訴我，該怎麼到城堡？」小狼禮貌的問。
一隻友善的小貓幫他指路。

聰明的小狼終於來到城門口，但他停下腳步，不再前進。
「應該讓其他人來幫國王治病。」他說：「我覺得我做不到。」

烏鴉飛下來，把他推進城門去。
「快點，國王在等著你呢！」

「你好呀，小狼，」國王虛弱的說，「你能來真是太好了。」

「我並不像大家所說的那樣聰明……」
聰明的小狼結結巴巴的說。

但國王不聽。
「把我治好吧！」他說。「我沒有空生病。」

聰明的小狼用一種只有他知道的藥草，
製成藥物。這種藥，出現在只有他讀過的書上。

國王喝了一口。沒多久，國王就又能騎馬了。

「當我的御醫吧！」國王請求著說。「你可以從塔樓仰望星空。
你不會被任何人打擾，可以整天讀很厚的書。」

但是，聰明的小狼不假思索就婉拒了國王的請求。
「我必須回到山的另外一邊，我的朋友在那裡。」小狼說。
「我還有很多問題，可以向他們討教。」

從那以後，當其他動物來找聰明的小狼時，他再也不會那麼忙了。
他仍然和以前一樣，讀很多厚厚的書。沒有人知道他是怎麼辦到的。
他也和以前一樣，發現了很多的植物和星星，甚至可能比以前更多。

歡迎光臨

小狼的家